# Éric est allergiqu

Pour Ripley, Gwedhen et Sam,
ceux qui éternuent dans ma famille — T.H.

Pour Marlis — E.F.

Données de catalogage avant publication (Canada)

Harrison, Troon
 [Aaron's Awful Allergies. Français]
 Éric est allergique

Traduction de : Aaron's Awful Allergies.
ISBN 0-590-16021-4

I. Fernandes, Eugenie, 1943- . II. Titre.
III. Titre : Aaron's Awful Allergies. Français

PS8565.A6587A7214 1996    jC813'.54 C96-930546-X
PZ23.H37Er 1996

Édition publiée par les Éditions Scholastic, 175 Hillmount Road,
Markham (Ontario)  L6C 1Z7, avec la permission de Kids Can Press Ltd.

Conception graphique de Marie Bartholomew

6 5 4 3 2    Imprimé en Chine    04 05 06 07

# Éric est allergique

Troon Harrison

Illustrations d'Eugenie Fernandes

Texte français de Cécile Gagnon

Éditions
■SCHOLASTIC

Éric aime les animaux plus que tout au monde. Il les aime plus que la crème glacée au chocolat, plus que les cartes de hockey, plus encore que les montagnes russes.

Ses parents lui ont offert son premier animal
pour ses cinq ans. Le propriétaire de l'animalerie
a dit que Pipo ne deviendrait pas très gros en
grandissant. Il ne connaît rien aux chiots.

La mère d'Éric préfère que Pipo couche sur le
tapis, mais Éric ne déteste pas un lit encombré.

Un jour, une chatte tigrée arrive dans la cour à la recherche d'un logis. Éric l'adopte et, bientôt, elle prend du poids et semble satisfaite. Quand ses six chatons naissent, ils couchent sous le lit d'Éric.

Le dernier jour d'école, Éric se porte volontaire pour garder les cochons d'Inde chez lui. L'enseignant dit que Mouche et Flamme sont deux mâles.

Le 5 juillet, Mouche a quatre petits.

— Les enseignants ne savent pas tout, déclare Éric.

Éric aime prendre soin de ses animaux. Il nettoie la cage des cochons d'Inde deux fois par semaine et promène le chien deux fois par jour. Il amuse les chatons avec des pelotes de laine et donne à manger à la chatte.

Au courant de l'été, Éric commence à se sentir fatigué. Puis, il perd son entrain. Il a mal à la tête; ses yeux piquent et lui font mal. Parfois, il tousse et il respire difficilement. Il éternue très fort.

Sa mère l'emmène à la clinique.

— Je pense qu'Éric souffre d'allergies, dit la pédiatre.

L'infirmière fait passer des tests à Éric pour savoir s'il est allergique à la poussière, au pollen, au lait, aux moisissures ou au beurre d'arachide. Enfin, elle lui fait des tests pour les allergies dues aux animaux.

— Pas surprenant qu'Éric ne cesse pas d'éternuer, s'exclame la pédiatre. Il est allergique aux chats et aux chiens. Il ne devrait pas jouer avec des cochons d'Inde ni avec des mouffettes.

— Des mouffettes! s'écrie la maman d'Éric. On n'a pas de mouffettes chez nous.

— Et il ne doit surtout pas danser avec des orangs-outans ni avec des léopards, poursuit la pédiatre.

— Nous n'avons pas d'orangs-outans ni de léopards, dit Éric en riant.

— Éric est allergique à certains animaux, dit sa mère à son père, ce soir-là. Il va falloir trouver d'autres familles pour nos bêtes.

— Ce n'est pas juste! crie Éric. Mes animaux ne veulent pas déménager et je les aime!

— Je sais que c'est difficile pour toi, mais ils doivent quitter la maison, dit sa maman.

Après le souper, Éric se réfugie dans sa cabane dans l'arbre. Les oiseaux chantent et les animaux nocturnes s'agitent dans l'herbe.

— Au moins, murmure Éric, je peux encore écouter les bêtes sauvages.

Les chatons vont à l'animalerie. La chatte tigrée trouve
refuge chez une dame de la rue voisine. Éric s'ennuie des
miaulements des chatons.

L'enseignant reprend les cochons d'Inde. Maintenant,
sur le plancher de la chambre d'Éric, il y a un grand
espace vide. Les petits couinements joyeux ont disparu.
Il ne reste plus que Pipo.

— S'il te plaît! supplie Éric.

— Non, répond sa mère avec tristesse. Pipo doit partir aussi.

— Pipo est mon meilleur ami, crie Éric. Il me garde au chaud la nuit et il fait fuir les monstres qui habitent sous mon lit. Je suis allergique aux monstres! Laisse-moi garder Pipo. Tant pis si j'ai mal à la tête et si j'ai les yeux qui piquent.

Mais Pipo s'en va vivre sur une ferme.

— C'est la pire des choses qui pouvait m'arriver, s'écrie Éric.

Éric n'a plus rien pour s'occuper. Il reste étendu sur son lit et se sent triste. Parfois, assis à la table de la cuisine, il traîne à ne rien faire. Sa mère lui suggère de construire une maison d'oiseaux, mais Éric n'a pas envie de clouer. Son père lui propose de faire une peinture, mais Éric n'a pas envie de peindre.

— Cesse de bouder, on va bientôt partir camper, dit sa mère pour le consoler.

— Je ne veux pas aller camper, dit Éric. Et je ne veux pas d'allergies! Je veux juste mes animaux.

Un jour, Éric trouve un bocal sur le comptoir de la cuisine : il y a un poisson qui nage dedans.

— C'est pour toi, dit sa mère.

— Je ne veux pas d'un poisson stupide! déclare Éric. À quoi ça sert?

Un matin, Éric découvre que les écailles du poisson scintillent au soleil et que sa queue frétille dans l'eau.

— Je pense qu'il me fait signe, dit Éric. Peut-être veut-il aller se promener?

Après deux petits tours sur le trottoir, Éric réfléchit qu'il est bien commode d'avoir un animal qui ne se sauve pas, qui ne se perd pas et qui ne court pas après les voitures.

— Hé! lance Bertrand, quelle sorte de poisson as-tu?

— C'est un requin! dit Éric. Il s'appelle Flash.

— Super! dit Bertrand. Je te l'échange contre vingt cartes de hockey.

— Jamais de la vie! répond Éric.

Ce soir-là, Éric transporte Flash dans sa chambre.
Il le regarde nager doucement dans le clair de lune
et ça lui fait du bien.

Samedi, Éric emmène Flash avec lui au cinéma.
Il mange tout le contenant de maïs soufflé sans
avoir à partager.

Éric fabrique une espèce d'ascenseur
pour faire grimper Flash jusqu'à sa
cabane dans l'arbre.

Quand toute la famille va en camping, Flash et Éric partagent la même tente. Ils passent leurs après-midi au lac. Flash est un excellent nageur.

Après ses vacances, Éric se sent beaucoup mieux.
« Quels autres animaux pourrais-je aimer? » se
demande-t-il.

Et il ne tarde pas à trouver la réponse.